VORWORT

Hey,
ich bin Lars, der Autor dieses Kurzkrimis.
Es ist schon seit langer Zeit mein größter Wunsch gewesen, ein erstes Buch zu veröffentlichen, doch dass ich es jetzt, mit 12 Jahren, schaffe, hätte ich wirklich nicht gedacht. Dieses Buch ist zwar nicht lang, aber ich hoffe, dass es Dir mindestens so viel Spaß macht es zu Lesen, wie mir beim Schreiben.

Vielen Dank schon mal vorweg,
Dein Lars!

Halbgeschwister killt man nicht

Ein Kurzkrimi von Lars Pätzold

Schüsse! Drei Stück - glaubte ich. Und Sirenen! Polizisten, die aufgeregt durcheinanderredeten. Schritte! Das war es, wovon ich aufgewacht bin. Ich konnte nicht sagen, was geschehen war, aber ich wusste, dass etwas geschehen war. Dann lag ich da. Wach, in meinem weichen Bett. Ich wälzte mich noch ungefähr drei mal herum, dann schlief ich auch schon wieder ein.

Am nächsten Morgen dröhnte mir der Schädel. Mein Hirn tat innerlich derart weh, dass ich erst einmal beschloss, liegen zu bleiben. Mein Termin fiel dann wohl aus. Ich stand kurz auf, machte mir einen Kaffee, legte mich dann sofort aber auch wieder hin, da die Kopfschmerzen stärker wurden.

Als der Kaffee fertig war, ging ich möglichst langsam in die kleine Küche. Es roch nach Kaffee - war ja irgendwie klar...

Ich holte eine Tasse aus dem Schrank, füllte sie bis zur Hälfte mit Kaffee und trank. Einen großen Schluck. Sofort ließ ich die Tasse fallen während ich laut „HEISS!" zischte. „Na, super!", dachte ich, öffnete die Schublade unter der Spüle und holte einen Lappen hervor. Ich feuchtete ihn an und wischte den großen Kaffeefleck, der sich auf dem Küchenboden gebildet hatte, weg. „Toll gemacht!", dachte ich mir. „Das war meine Lieblingstasse!" Ich habe sie zu meinem zwanzigsten Geburtstag von meiner Mutter bekommen. Auf der Tasse war ein Foto von einem Eisbärbaby aufgedruckt, das an einem Pinguin schnupperte. Keine Ahnung, wer es geschossen hatte.

Ich hörte den Refrain meines Lieblingsliedes und summte leise mit, bis ich bemerkte, dass es das Telefon war, das die Musik machte. Ich schnappte mir den Hörer und – zu spät. Niemand war mehr dran. „Heute läuft wirklich alles schief!", dachte ich mir. Ich wählte „Letzte Nummer wählen" und drückte auf die große Taste, auf der das kleine grüne Telefonsymbol abgebildet war, und wartete. Besetzt! Ich ging wieder zum Bett und setzte mich darauf, als mir plötzlich ein Buch in den Blick fiel: ein Kochbuch. „Ich dachte, das wäre im

Keller...?!", dachte ich und überlegte. Ich steckte es zurück in das Regal dahinter und legte mich wieder hin. Als ich kurz darauf ein Knarren hörte, erschrak ich. Als ich bemerkte, dass es vom Regal kam und es aussah, als ob es auf das Bett kippen würde, rannte ich auf das Regal zu und presste es gegen die Wand. Als es sich so anfühlte, als würde es wieder an der Wand halten, holte ich mir noch eine Tasse Kaffee. Da hörte ich plötzlich einen lauten Knall. „Was war das?", schrie ich und rannte ins Schlafzimmer. Dort sah ich das Schlimmste, was mir heute wohl noch passieren konnte: der Schrank ist auf das Bett gekracht, welches nun kein Bett mehr war sondern nur noch aus zwei großen Bretter-Teilen bestand, die mit Schrauben fixiert waren. Das Bett ist in der Mitte durchgebrochen! Auf dem

Boden und auf dem Rest des Bettes lagen Bücher. Ich rannte zum Telefon und rief meinen Freund und Nachbarn unter mir an. Ich fragte, ob er mir vielleicht helfen könnte, doch leider hatte er zu tun. Dafür würde es morgen Nachmittag für ihn passen, und Ich könnte sogar bei ihm übernachten. Denn er hätte noch eine weitere Matratze übrig, die er dann neben sein eigenes Bett legen wollte.

Ich holte mir also einen dritten Kaffee und zog mich an. Ich ging aus der Wohnung, zog die Tür hinter mir zu und lief die Treppen hinunter. Ich öffnete die Tür des Hauses, ließ sie hinter mir ins Schloss fallen, ging auf meinen am Straßenrand geparkten Kleinwagen zu und suchte in meinen Jackentaschen nach dem Autoschlüssel. „Verdammt!" rief ich und drehte sofort wieder um. Ich hatte doch tatsächlich meinen Autoschlüssel in der Wohnung vergessen. „Verdammt!", rief ich voller Entsetzen sofort noch einmal, als ich bemerkte, dass auch mein Wohnungsschlüssel am selben Schlüsselbund wie der Autoschlüssel befestigt war. Ich klingelte also bei meinem Freund und Nachbarn unter mir, und fragte, ob ich reinkommen könnte. Er war glücklicherweise einverstanden. Schlimmer konnte es heute eigentlich wirklich nicht mehr werden!

Auf dem Küchentisch meines Freundes entdeckte ich die heutige Tageszeitung unserer Stadt. Ich griff sie mir und blätterte darin. Gestern Nacht gab es wohl eine Auseinandersetzung in einer Kneipe. Zum Glück war das Magazin von dem Mann mit der Pistole schon nach drei

Schüssen leer. Sonst wäre es vielleicht noch schlimmer geworden. So wurde offensichtlich niemand verletzt, aber: „Der Übeltäter ist geflohen, bevor die Polizei ihn festnehmen konnte.", murmelte ich. „Was ist?", fragte Klaus, mein Freund und Nachbar von unten. „Nichts.", sagte ich und setzte mich zu ihm an den Tisch im Esszimmer. „Da hast du also deinen Haustürschlüssel zu Hause gelassen.", sagte Klaus. „Ja!" antwortete ich widerwillig, „Heute geht wirklich alles schief." - „Solche Tage kenne ich," antwortete Klaus, „aber bei mir war es nie so schlimm, dass mein Bett von einem Schrank in der Mitte geteilt wurde, oder dass ich meinen Haustürschlüssel vergessen habe. Das mit der Tasse passiert mir allerdings öfters." Ich griff das Brot, das mir Klaus anbot, zog die

Butter zu mir und beschmierte es großzügig, während ich fragte, warum Klaus mir mit dem Bett nicht heute helfen könnte. „Ich muss zum Geburtstag meiner Mutter.", antwortete dieser, „Es wird aber nicht lange dauern." Ich biss noch ein großes Stück meines Butterbrotes ab und erzählte, wie es beim letzten Mal auf dem Geburtstag meiner Mutter war. Dass es sich, obwohl ich mir vorgenommen hatte früher zu fahren, immer weiter in die Länge gezogen hatte. Darauf antwortete Klaus, dass er dieses Mal aber früher fahren würde, weil er aus seinem Büro noch etwas holen müsse, bevor das Gebäude zugeschlossen wird. „Das ist natürlich ein Grund" dachte ich mir, stand auf und brachte mein Geschirr in die Küche. Ich stellte es zu dem anderen Geschirr -

vermutlich vom vorherigen Tag - auf die Spüle. An der Wand darüber war ein Küchenschrank befestigt. Er passte hervorragend zu dem anderen Küchendesign, wirkte aber etwas groß. An der Schranktür hing eine Postkarte, auf der ein Land gezeigt wurde, unter welches mit großen Buchstaben „Italien" geschrieben stand. „Die hat mir ein Kollege geschickt", sagte Klaus, der meinem Blick gefolgt war. „Wo war er in Italien?", fragte ich. „In Rom - oder war es Athen?" - "Rom! Athen liegt doch nicht in Italien, sondern in Griechenland. Um genau zu sein ist Athen die Hauptstadt von Griechenland.", antwortete ich wie ein Besserwisser auf Klaus´ Frage. „Erdkunde war schon immer meine Schwäche...", antwortete dieser.

„Kannst Du mich heute vielleicht in die

Stadt fahren?", fragte ich Klaus, um das Thema zu wechseln und da ich noch ein paar Besorgungen machen musste. „Klar! Was willst du denn da?" - „Ich muss noch ein paar Besorgungen machen. Zum Glück habe ich mein Portemonnaie immer bei mir und nicht oben in meiner Wohnung vergessen.", antwortete ich und musste für einen kurzen Augenblick schmunzeln. „Das stimmt...", meinte Klaus.

In der Stadt war es für einen Dienstagvormittag ziemlich voll. Ich schaute mich um, während ich dachte, dass heute eigentlich nichts besonderes sein dürfte. Als erstes ging ich auf den Buchladen zu. Ich wollte einfach nur gucken - ich liebte nämlich das Lesen. „Mal sehen, welche Neuerscheinungen es gibt", murmelte ich, worauf mich sofort ein Mitarbeiter ansprach: „Suchen Sie etwas bestimmtes?" - „Nein nein, ich schaue nur." - „Wenn Sie irgendwelche Fragen haben, melden Sie sich einfach bei mir, OK?", sagte der Mitarbeiter und sprach dabei das „OK?" so langsam und deutlich aus, dass ich mich plötzlich sehr komisch fühlte. Darauf antwortete ich einfach: „OK!", und sprach dabei das „OK!" so langsam und deutlich aus, dass der Mitarbeiter ins schwindeln geriet, worauf er sich an dem Treppengeländer abstützte. Ich tat so, als hätte ich sein Verhalten nicht bemerkt und schaute zu einem großen Buchregal, welches hinter mir aufgebaut war. Ich las leise vor: „Neuerscheinungen" Das musste allerdings ein weiterer Mitarbeiter gehört haben, denn sofort rannte er auf mich zu. „Nein!", dachte ich mir, „Nicht noch einmal!", und rannte weg. Auf die Tür zu. Ich stieß sie auf und rannte auf einen Obst- und Gemüsehändler zu. Ich schnappte mir eine Gurke, fünf Möhren und drei Äpfel. Doch irgendetwas stand noch auf meinem Einkaufszettel, der zu Hause lag. „Mist!", dachte ich mir, ging aber schnurstracks auf die Kasse zu, weil ich plötzlich den Mitarbeiter des Buchladens auf der Straße entdeckte. Er schaute sich suchend um, als er mit einem Grinsen im Gesicht auf mich zeigte. Ich lief auf die Kasse zu, stellte mich an die Schlange. Zu spät! „Kann ich ihnen helfen?" fragte plötzlich eine Stimme. Das war aber nicht der Mitarbeiter des Buchladens, sondern ein Mitarbeiter des Gemüsehändlers. „Ja! Ich suche vier Birnen, einen Kohlrabi, einen Eisbergsalat und einen Kunden, der sich einfach aus dem Staub gemacht hat.“, sagte der Mitarbeiter des Buchladens, dabei betonte er den letzten Teil ganz besonders. Mir lief ein Schauer über den Rücken. Doch dann fiel mir etwas ein. „Hier ist ihr Kunde, der sich einfach aus dem Staub gemacht hat!“, sagte ich, während ich den letzten Teil dermaßen betonte, dass man merkte, dass es keinem aus diesem Laden – außer mir – mehr gut ging. Manche torkelten. Andere stützten sich ab. Ich drückte meine Tüte einem Mitarbeiter in die Hand und verließ vorsichtshalber den Laden mit ruhigen aber schnellen Schritten.

Als ich an der Bushaltestelle auf den nächsten Bus wartete, der mich nach Hause bringen sollte, hörte ich plötzlich Geschrei. Ganz viel Geschrei durcheinander. Es kam vermutlich aus der

Kneipe links neben mir. „Hat die immer noch oder schon wieder auf?", dachte ich mir und stellte mich vor die Tür, an welcher ein kleines Schild hing, auf dem groß „Öffnungszeiten" stand. Plötzlich wurde die Tür aufgerissen und ein großer Mann mit einer Lederjacke und einer Jeanshose fiel mir direkt in die Arme. Als ich merkte, dass er in der linken Hand einen Revolver hielt, stützte ich ihn als erstes, legte ihn dann aber sanft auf den Boden und setzte mich auf seine Hände, die ich ihm auf den Rücken gelegt hatte. In diesem Moment fühlte ich mich großartig und rief die Polizei. In jeder Schlagzeile würde bald mein Name auftauchen. Doch als ich bemerkte, dass der Mann langsam wieder zu sich kam, riss ich ihm den Revolver aus der Hand. Ich dachte mir, dass die Polizeiautos gleich hier sein müssten, also richtete ich den kurzen Lauf der Waffe auf den Mann. Dieser stand langsam auf, hielt sich an einer Laterne fest und stammelte: „Wir haben Kostümfest gemacht. Ich habe mich als Cowboy verkleidet. Das da ist eine Spielzeugpistole." Ich zielte in die Luft und drückte ab. Ein leises Klicken ertönte, aber mehr passierte auch nicht. Ich gab dem Mann die Pistole zurück und hoffte, dass gleich mein Bus kommen würde. Doch da ertönten mehrere Sirenen. „Mist", dachte ich mir, „zu spät..." Ich wartete auf die Autos. Männer sprangen mit erhobenen Waffen aus den Wagen. „Hände hoch!", schrie jemand. Als ich merkte, dass er mich meinte, nahm ich die Hände langsam hoch. „das ist ein Missverständnis!", rief ich und schaute mich um, doch der Mann, der sich als Cowboy verkleidet hatte, war schon weg. „Heute geht wirklich alles schief!", murmelte ich.

Als mich der Mann auf dem Revier fragte, warum ich denn die Polizei alarmiert hatte, antwortete ich stur: „Es war so, dass aus der Kneipe jemand heraus kam. Dieser jemand hatte eine Waffe in der Hand. Ich habe ihm diese Waffe entwendet, den Notruf gerufen und ihn am Boden gehalten. Leider sagte er nur, dass es ein Kostümfest gab und er sich als Cowboy verkleidet hatte. Die vermeintliche Waffe war eine Spielzeugpistole. Ich gab dem Mann seine Spielzeugpistole also zurück und kurz darauf war er verschwunden." - „Haben sie die Waffe getestet?" - „Ja, es ertönte nur ein Klicken, mehr geschah nicht." -

„Schon mal daran gedacht, dass das Magazin vielleicht leer ist?" - „Äh... Nein. Ich kenne mich mit Waffen nicht so gut aus." - „Beschreiben Sie uns den Mann doch einmal."

Als ich dem Beamten den Mann beschrieb, wurde er plötzlich etwas aufgeregt. „Die Beschreibung trifft genau auf den Übeltäter zu.", sagte er, „Wegen der Waffe: War es denn eher ein lautes Klicken oder ein Knall?" Ich sagte: „Ich weiß es nicht mehr genau... Aber wenn ich mich recht erinnere war es relativ leise." - „Ein Schalldämpfer", murmelte der Beamte, „Immerhin können wir jetzt ein ungefähres Phantombild erstellen. Kommen Sie doch bitte einmal mit.

Der Polizist führte mich in einen etwas kleineren Raum mit vier Computern. An dem einen saß ein Mann mit kurzrasiertem Bart, kurzen Haaren, in einer Jeanshose und in einem T-Shirt. „Das ist unser Uli. Uli, das ist der Mann, der den mutmaßlichen Täter von gestern Nacht gesehen hat. Bitte fertige doch mit seiner Hilfe ein Phantombild an, ok?" - „Ok! Setzen Sie sich doch. Also, legen wir direkt los. Die Haare, waren sie schwarz, braun oder blond; gepflegt, wuschelig oder zerzaust; lang, kurz oder Mitte?"...

So ging das den ganzen Vormittag, bis es dann plötzlich Mittagszeit war. Als wir aber fertig waren, hatten wir ein fast perfektes Phantombild des Mannes geschaffen. Es sah fast aus wie ein Foto. „Dieses Bild wird Morgen in der Zeitung sein: 'Gesucht!' dann das Bild und dann noch irgendein Bericht des Zeitungsredakteurs. Für uns wäre die Arbeit dann jetzt getan. Wie gesagt:

Wenn Sie etwas Neues herausfinden, melden Sie sich bitte bei uns. Haben Sie noch Fragen?", sagte der Mann. „Nein", entgegnete ich. Darauf antwortete der Mann: „Gut, dann mache ich jetzt Mittagspause." - „Guten Appetit. Tschüss." - „Ciao."

Wieder zu Hause freute ich mich, dass Klaus mir einen Wohnungsschlüssel geliehen hat. So komme ich jederzeit in seine Wohnung. Ich wusch eine Birne ab und biss herzhaft hinein. Süßlich. Ein bisschen Saft floss mir an den Händen hinunter. Ich holte ein Küchenpapier und wischte die kleine Pfütze wieder auf. Nachdem ich die Birne aufgegessen hatte, rief ich bei einem Schlüsseldienst an. Ich brauchte Kostenvoranschläge, um dann den Billigsten herauszusuchen.

Leider waren alle ziemlich teuer. Die schienen es total auszunutzen. Das ärgerte mich, aber was sollte man machen? Das war deren Beruf.

Ich setzte mich auf Klaus' Sofa und schaute fern. Während ich so über den Tag nachdachte liefen die Nachrichten. Auch hier wurde etwas über den mysteriösen Mann erzählt, und es wurde sogar das Phantombild gezeigt. „...Wenn Sie wissen, wo sich dieser Mann gerade befindet, oder weitere Informationen haben, dann wenden Sie sich bitte umgehend an die Polizei.", sagte der Nachrichtensprecher. „An die Polizei gewandt habe ich mich ja schon, mehr oder weniger unfreiwillig...", dachte ich, schaltete den Fernseher aus und machte mich fertig.

Als ich fertig war legte ich mich hin und

deckte mich zu. Ich schlief sofort ein. Das war ein langer Tag!

Als ich am nächsten Morgen aufwachte hörte ich ein Geräusch aus der Küche. Es war Klaus, der bereits frühstückte. Ich setzte mich zu ihm und erzählte ihm, dass ich es war, der das Phantombild aus den Nachrichten und der heutigen Tageszeitung zusammen mit einem Polizisten gezeichnet hatte. Ich erzählte ihm auch, dass ich den Mann an der Kneipe gesehen habe. „Das ist nicht dein Ernst!", entgegnete Klaus ungläubig. „Doch!" entgegnete ich. „Frag doch bei der Polizei nach!" Klaus und ich schmunzelten.

„Der Räuber ist also immer noch auf freiem Fuß?, fragte Klaus. „Sieht so aus.", sagte ich darauf. „Weißt du, was ich heute in der Zeitung gelesen habe?

Der Mann hat wohl doch besser gezielt. Eine Kugel hatte getroffen. Sein Bruder ist jetzt tot." - "Echt?", fragte ich ungläubig. „Ja", sagte Klaus, „Allerdings nicht sein richtiger Bruder. Sein Halbbruder. Eine Frau hatte den Mörder auf der Flucht gesehen. Er lief wohl auf sein Auto zu, ist eingestiegen und davongefahren. Dass er es war, der mit seiner Waffe geschossen hatte, konnte man an den Patronen erkennen. Die Spezialisten haben die Kugeln verglichen und herausgefunden, dass es dieselben wie bei der letzten Auseinandersetzung waren. Komischerweise sind aber wieder nur drei Schüsse gefallen. So, das war alles aus der Tageszeitung in Zusammenfassung." - „Gute Arbeit", sagte ich. Wir lachten. „Jetzt aber ein ernstes Thema: Ich habe gestern Abend, als ich im Bett lag, bei der billigsten Schlüsseldienstfirma angerufen. Sie wollen in einer halben Stunde da sein. Kannst du mir dann mit dem Bett helfen?", fragte ich. „Aber klar!", antwortete Klaus.

Ich wartete gerade zwei Minuten vor meiner Wohnungstür, als der Mitarbeiter der Firma das Treppenhaus betrat. „Ah," sagte dieser, „Sie müssen der Anrufer von gestern Abend sein. Guten Tag, mein Name ist Herr Koch. Freut mich ihnen helfen zu dürfen." - „Ja, mich auch.", entgegnete ich, „Ich würde Sie ja gerne herein bitten, aber davor sollten Sie mir zuerst die Tür öffnen."

Nachdem die Tür geöffnet und ein neues Schloss eingebaut waren, bot ich dem netten Herrn einen Kaffee an. Als er die Tasse leer getrunken hatte reichte er mir die Rechnung und verabschiedete sich von mir. Kaum war er gegangen, da kam auch schon Klaus aus seiner Wohnungstür. Er hielt einen Akkuschrauber und eine kleine Packung Schrauben in der Hand. Als er sah, dass ich darauf schaute, sagte er: „Für dein Bett und dein Regal."

Klaus schraubte noch eine Schraube in mein schönes Regal. „Ganz sicher, dass das so klappen wird?", fragte ich. „Zu Hundertzehn Prozent.", sagte Klaus. Worauf ich fragte: „Hundertzehn Prozent von Tausend oder Zweihundert?" - „Witzbold. Von Hundert natürlich. Ich habe das schon einmal gemacht. Vertrau mir einfach, ok?", sagte Klaus und bohrte ohne eine Antwort abzuwarten einfach ein Loch durch meine Schlafzimmertapete in die Wand hinein. „Das wird perfekt!", sagte er nur, maß dreißig Zentimeter aus, markierte die Stelle mit Bleistift und bohrte noch ein Loch. Als er fertig war, hörte ich die Türklingel. Ich lief hin und öffnete die Tür. „Geht das auch etwas leiser?", fragte eine Frau, die vor mir stand. „Was für eine Begrüßung!", dachte ich mir. „Nein!", antwortete ich und schloss die Tür. „Was für eine Unverschämtheit!", hörte ich die Frau noch sagen. Ich ging wieder zurück ins Schlafzimmer, in welchem mich Klaus schon fröhlich erwartete. „Ich bin fertig!", sagte dieser, „Also, mit dem Regal." Mir klappte der Unterkiefer runter als ich mein Regal sah. Es stand wieder an der Wand. Alle Bücher waren eingeräumt! „Es ist sogar an der Wand befestigt, so dass es nicht mehr so schnell auf dein Bett kippen wird.", sagte Klaus. „Wie hast du das so schnell geschafft?", fragte ich. Klaus grinste: „Betriebsgeheimnis..." - „Cool!", sagte ich, während sich Klaus schon wieder an die Arbeit machte. Er kniete sich vor das Bett und nahm seinen Akkuschrauber in die Hand. „Und weiter geht's", sagte er, „Reichst du mir bitte noch eine Schraube?"

Als wir fertig waren fragte ich Klaus, ob er einen Kaffee haben wollte. Er sagte: „Ja, gerne." worauf ich uns einen Kaffee brühte.

Während wir die braune Brühe tranken fragte mich Klaus noch etwas: „Meinst Du, es steckt mehr hinter dem mysteriösen, Bruder-tötendem Mörder?" - „Was soll hinter dem schon stecken? Ich denke, der hat einfach eine Waffe und löst seine Probleme mit ihr..." - „Ja, wahrscheinlich hast du recht.", sagte

Klaus. „Meinst du er bereut seine letzte Tat?" Ich zuckte mit den Achseln: „Keine Ahnung. Solange wir nicht umkommen, ist mir alles egal." - „Alles?" - „Na schön, FAST alles..."

„Hab ich gut geschlafen!", sagte ich müde. Ein Hund bellte. Ich öffnete meine Augen. Kam das Bellen etwa aus meiner Wohnung? Ich stand auf. „Hoppla...", sagte ich verschlafen als ich die offene Wohnungstür sah. „Du bist doch der Hund von Frau Knolle, oder?", fragte ich den plötzlich vor mir stehenden Hund. „Was machst du denn in meiner Küche?" - „Wau." Ich hörte jemanden die Treppe herunterlaufen. Dieser jemand war wohl eine Frau. Das erkannte ich an der Stimme. Denn diese Frau murmelte etwas. Als sie näher kam konnte ich ein paar Wörter verstehen: „Rudi!.....Mein Hund!..... Weg???.........Um Himmelswillen!.......Wo bist Du nur?...

Ich öffnete die bereits offene Tür. „Frau Knolle?", fragte ich. „Ja?", sagte die Frau und kam auf mich zu. „Ich habe einen Hund gefunden. Ihren Hund!" - „Ach tatsächlich?", fragte Frau Knolle, „Das ist aber sehr nett von Ihnen, Herr....." - „...Koch", half ich der älteren Dame auf die Sprünge. „Koch.", sagte diese, „Wissen Sie, ich bin nicht mehr die Jüngste. Bald werde auch ich die Menschen verlassen. Ein Teil meines Gehirns scheint das bereits getan zu haben. Na ja... Wo ist denn mein Hund Trudi?" - „Eben, als Sie auf dem Weg zu mir waren, meinten Sie doch noch, der Hund heißt Rudi..." - „Sie haben vollkommen Recht, junger Mann. Hier irgendwo habe ich es auch aufgeschrieben..." Die Frau kramte in ihren Taschen. Da sie nichts fand sagte Sie: „Oder auch nicht. Wahrscheinlich habe ich es in meiner Wohnung vergessen..." Ich ging in meine Wohnung und kam kurze Zeit später mit Frau Knolle's Hund wieder heraus: „Das ist doch Ihrer, oder?" - „Aber ja, danke. Sehen Sie, dafür bekommen Sie 20€." - „Nein danke, Sie können es selbst bestimmt auch gebrauchen!" versuchte ich dankend abzulehnen, doch die Frau überredete mich: „Nehmen Sie ruhig. Sie müssen kein schlechtes Gewissen haben. Ich habe zu viel davon. Wissen Sie? Ich wohne in der Wohnung schon sehr lange. Ich muss keine Miete bezahlen. Ich lebe von meiner Rente." - Danke!", sagte ich und nahm die beiden 10€ Scheine entgegen, „Aber eine Frage habe ich noch: lesen Sie Zeitung?" - „Womit soll ich mir denn sonst die Zeit vertreiben?" - „Haben Sie das Phantombild gesehen?" - „Ähm... Lassen Sie mich kurz nachdenken, Herr Koch... Ja, ich denke ich habe heute ein Phantombild in der Zeitung gesehen.", sagte Frau Knolle. „Kennen Sie diesen Mann?", fragte ich die Frau. Nein, ich denke nicht, dass ich ihn schon mal gesehen habe. - Und wenn, habe ich es sicherlich wieder vergessen..." - „O.K., trotzdem danke für Ihre Hilfe! Wollen Sie vielleicht noch hereinkommen?" - „Nein, Danke!" Die ältere Dame machte kehrt und stieg zusammen mit ihrem Hund langsam die Treppen wieder hinauf. Ich schloss die Tür und ging zur Küche, um mir Frühstück zu machen.

Während ich mein Brot aß, schaute ich aus dem Fenster. „Warum interessiert mich der Fall eigentlich so sehr? Liegt es daran, dass ich mit in ihm verwickelt bin?", dachte ich. Als ich fertig war ging ich ins Bad. Dann zog ich mich um, vergewisserte mich, dass ich den Schlüssel eingepackt hatte, und verließ schließlich aus der Wohnung. Ich ging vorbei an der Tür meines Freundes Klaus und fragte mich, was er wohl gerade machte. Als ich unten bei der Haupttür des Hauses angekommen war und sie aufgestoßen hatte stand ich einem kräftigem Kerl gegenüber.

„Wa... Was wollen Sie hier?", fragte ich ihn. „Nur jemanden besuchen.", sagte er. „Und wer sind Sie?", fragte ich. „Ach, was tut das schon zur Sache?", antwortete der Mann grimmig, „Hören

Sie, ich will hier bloß jemanden besuchen! Jetzt lassen Sie mich schon durch!" - „Und warum klingeln Sie nicht einfach?" Der Mann stieß mich zur Seite und ging ins Haus hinein während er noch fragte: „Und warum haben Sie mich nicht einfach durchgelassen?" Ich schüttelte mich. Dann ging ich auf meinen Wagen zu und fuhr ins Büro.

Als ich nach der Arbeit wieder nach Hause fuhr hielt ich noch kurz beim Supermarkt an. Ich hatte heute noch nichts zu Mittag gegessen – außer einen Sandwich – und wollte unbedingt noch etwas Warmes essen. Also ging ich zu einem Kühlregal bei welchem es lauter Fertigprodukte gab: Fertig-Frikadellen, Fertig-Pfannkuchen, Fertig-Milchreis, Fertig-Currywurst, Fertig-Chickennuggets, und,

und, und... Ich entschied mich für ein Fertig-Cheeseburger-Doppelpack und ging in Richtung Kasse. Mit der netten, braunhaarigen Kassiererin kam ich beim Bezahlen ins Gespräch: „Na, Essen ohne großen Aufwand?", fragte sie. „Hatte heute noch nichts Richtiges zu Essen..." - „Das werden Sie damit auch nicht haben!" Wir lachten. Ich reichte einen der beiden 10€ Scheine von Frau Knolle über die Kasse und bekam einen 5€ Schein, eine 2€ Münze, eine 1€ Münze und ein 1ct Stück zurück. Wir verabschiedeten uns, und ich ging zum Auto um nach Hause zu fahren.

Zu Hause angekommen stellte ich sofort die beiden Cheeseburger in die Mikrowelle, programmierte sie und drückte auf „Start".

Als die Mikrowelle fertig war - und die

Cheeseburger im übrigen sehr heiß – nahm ich den Teller und stellte ihn vor mich auf den Tisch. Im Gegensatz zu den Fertig-Pfannkuchen, die für meinen Geschmack ein bisschen zu salzig waren, obwohl „gesüßt" auf der Verpackung steht, schmeckten die Burger wirklich lecker. Während des Essens floss mir ein wenig Ketchup die Hand und schließlich den Arm hinunter, sodass ich mir ein Küchentuch holen musste, um mir den Arm abzuwischen. Dann setzte ich mich wieder und aß weiter.

Nach dem Essen klappte ich meinen Laptop auf und öffnete die Website der Zeitung. Ein Bild mit einem Link führte mich zu der aktuellen Ausgabe. Man musste sich einloggen um in die Zeitung schauen zu können, weil ja sonst jeder kommen könnte und – ohne ein

Zeitungsabo – einfach die heutige Ausgabe lesen könnte. Bestellt man ein neues Abo, so erhält man zu der ersten eigenen Ausgabe ein Schreiben, in welchem die Zugangsdaten stehen.

Ich klickte mich durch die Seiten. Auf Seite 37 fand ich endlich das Phantombild. Ich las den Artikel darunter noch einmal. Warum ich das nicht in meinem gedruckten Exemplar tat, wusste ich nicht. Wahrscheinlich aus dem folgenden Grund: Ich kopierte den gesamten Text, fügte ihn in ein Text-Bearbeitungs-Programm wieder ein und druckte das Ganze aus. Gleich zweimal. Den einen legte ich in meine „Wichtig"-Schublade und den anderen versuchte ich mir so hinzulegen, damit ich ihn Morgen früh auf keinen Fall vergessen und ihn mitnehmen würde.

„Was wohl der Mann gestern wollte?",
dachte ich, „Ach egal..."

Dann klappte ich mein Laptop zu, legte
mich auf´s Sofa und schaltete den
Fernseher ein.

Es lief eine Quiz-Show. Ich schaltete
weiter: eine Arzt-Serie. Na toll! Ich
schaltete weiter: eine Tiersendung. Ich
schaltete weiter... Na, endlich, etwas
Vernünftiges: ein Krimi...!

Ich wachte auf. Boah, hab ich gut
geschlafen! Moment... Ich lag auf dem
Sofa. Der Fernseher lief. Es war neun Uhr
Morgens. „Och, nö...", murmelte ich. Ich
hatte verschlafen. VÖLLIG verschlafen!
Blitzschnell stand ich auf. In der Küche
schaute ich noch einmal auf die Uhr.
Blitzschnell schlürfte ich meine
Kaffeetasse leer und stopfte eine Scheibe

Salamibrot in mich hinein. Dann zog ich mir meine Jacke über und rannte zum Auto. „Warum nur?" dachte ich. „Immer ich...!"

Als ich schließlich im Auto saß und zur Arbeit losbrauste merkte ich, dass ich den Zettel, den ich mir ausgedruckt hatte, im Haus vergessen habe. Doch das war im Moment egal, denn ich war viel zu spät dran!

In den nächsten Tagen passierte nichts Besonderes. Zumindest, wenn man findet, dass es nichts Besonderes ist, wenn der Zug liegen bleibt und man deswegen im Bahnhof übernachten muss... Naja.

Am Samstag ging ich noch in die Stadt, um mir eine neue Armbanduhr zu kaufen. Bei meiner alten war nämlich das Glas zersprungen und sie sah sowieso nicht mehr so schön aus. Als ich aus dem Laden kam entdeckte ich ihn plötzlich... Ja, genau ihn: den Mann, von welchem das Phantombild erstellt wurde. Der Mann mit der Pistole. Ich wusste nicht, warum ich es tat, aber ich verfolgte ihn. Möglichst heimlich. Er drehte sich einmal um und sah mich. Er schien mich sogar wiederzuerkennen, denn er ging plötzlich ziemlich schnell. Dann bog er in eine Seitenstraße ein und war fast weg. Schnell rief ich die Polizei. Ich fand kein Straßenschild, deswegen mussten die Beamten es mit Handy-Ortung versuchen. Ich wartete. Plötzlich wurde mir von hinten mein Mund zugehalten und ich wurde in eine Seitenstraße gezogen. Dann wurde mir ein Taschentuch unter die Nase gehalten und ich fiel um. Als ich wieder aufwachte saß ich auf einem Stuhl. Vor mir sah ich zwei Personen. Der eine war der vom Phantombild. Der andere hielt eine Pistole auf mich. „Hey, Du! Wehe Du bewegst Dich! Was willst Du?", fragte er. Ich fragte: „Äh,... ich?" - „Wer denn sonst?" - „Ich war einkaufen. Sehen Sie: Diese Armbanduhr habe ich mir gekauft." Die beiden Männer sahen echt gemein aus. Der eine hatte ein langgezogenes Gesicht, eine dicke Nase, blaue Augen und feuerrote Haare. Auf seinem schwarzen Pulli glänzte ein weißer Totenkopf. Der Mann mit der Waffe hatte braune, nicht gebürstete, lange Haare, braune Augen, zwei Piercings und einen Ohrring. Er hatte ein schwarzes, einfarbiges T-Shirt an, und auf seinem linken Oberarm klaffte ein schwarzes Tattoo.

„Wie heißt Du?", fragte dieser, „Bist Du ein Bulle?" - „Ich? Aber nein, ich bin Redakteur. Zeitungsredakteur um genau zu sein. Ich stelle die Kleinanzeigen zusammen. Das ist mein Job." - „Wie Du heißt..." - „Mein Name ist Koch. Und... ähm... Darf man erfahren, wer Ihr seid?" - „Nein!", sagte der mit der Pistole, worauf der aus der Zeitung antwortete: „Komm, wir können ihm doch ruhig sagen, wie er uns zu rufen hat, wenn er auf die Toilette muss." Der Mann hatte einen komischen Humor, doch scheinbar waren beide einer Meinung und mussten loslachen. Als sie sich wieder eingekriegt hatten sagte der Mann mit dem glänzendem Totenkopf auf seiner Brust, dass ich ihn „Ede" und den anderen „Alpha" nennen sollte.

Ich hatte Durst! Doch ich wollte nichts

trinken, zumindest nicht bei oder mit den beiden. Sie gefielen mir einfach nicht. Weder ihr Humor, noch ihre Waffe. Und dann auch noch dieser Raum, in dem ich saß. Die Wände waren ratzekahl. Es gab nur eine Tür, die aus dem Raum herausführte, und überall waren Farbflecke verteilt. Ich hoffte einfach auf die Gesetzeshüter. Doch was war, wenn sie mein Handy gar nicht orten konnten? Bei diesen Mauern hätte ich mich nicht gewundert...

Ich versuchte auf mein Handy zu schauen, doch Ede stellte sich sofort wieder mit der Waffe auf mich gerichtet vor mich hin und sagte: „He!" - „Jaja, ich wollte nur gucken wie viel Uhr es ist..." - „Nichts da!", sagte jetzt auch Alpha, „Leg das Handy sofort wieder weg!" Ich tat, wie mir geheißen, und stopfte mein Handy wieder in meine rechte Hosentasche. Ich saß hier bestimmt schon eine halbe Ewigkeit. Die Zeit verging langsam. Langsamer als je zu vor meinte ich.

Doch dann, endlich: Es wurde an die Tür geklopft. Drei Mal. „Verdammt, wer ist das?", fragte Ede. „Aufmachen! Polizei!", sagte eine mir vertraute Stimme. Das war der Beamte, den ich von der Kneipe kannte. „Weg hier!", rief Alpha. „Aber wir müssen Koch mitnehmen.", meinte Ede, „Der wird uns verpfeifen!" - „Ich bleibe.", sagte ich stur. Ich wusste, dass das böse für mich enden konnte, doch das Risiko ging ich ein. „Mist!", zischte Ede, „Warte!" Doch Alpha war schon verschwunden. Im Hintergrund hörte man die Polizisten: „Entweder Ihr macht auf oder wir brechen die Tür auf...!" - „Verdammt!" - „EINS!" - Ede rannte aus dem Zimmer. „ZWEI" - ich stand auf und war ziemlich glücklich, allein gelassen worden zu sein. „Und die letzte Zahl heißt: DREI!!!" - Ein lautes Krachen und die Tür war auf. Vier Polizisten füllten sofort den Bereich hinter der Tür. „Ich bin hier oben!", rief ich und tastete mich vorsichtig Stufe für Stufe die Treppen hinunter. Ein Beamter eilte sofort auf mich zu: „Ist Ihnen etwas passiert?" - "Nein, alles bestens...- fast alles!" - „Sehr schön, wir begleiten Sie ebenfalls erst einmal mit aufs Revier. Doch keine Angst, es liegt nicht daran, dass wir denken, Sie hätten etwas getan, sondern daran, dass wir diesen Fall gerne lösen möchten. Und Sie - als Zeuge - sind bei uns gerne gesehen." - „Ok...", sagte ich einfach und setzte mich auf den für mich reservierten Platz im Polizeiwagen.

Auf dem Revier erzählte mir ein Kommissar, dass man einen der Männer geschnappt hätte. Ich sollte außerdem zur Kenntnis geben, wie viele es insgesamt waren. Also sagte ich, dass es zwei waren und dass ich den einen „Ede" und den anderen „Alpha" nennen sollte. Meine Stimme zitterte noch immer ein wenig.

Dann wurde mir ein Bild gezeigt, auf welchem ich Ede sah, und ich sollte sagen, ob ich den wiedererkennen würde. Also sagte ich: „Ja, den kenne ich. Sehr gut sogar. Der nannte sich Ede. Er war es auch, der immer seine Waffe auf mich gerichtet hatte." - „Sehr schön,", sagte der Beamte, „so einen wie Sie können wir hier noch gut gebrauchen." Ich musste lächeln.

Nachdem alles geklärt war was zu klären ging, durfte ich dann auch irgendwann - mitten in der Nacht - wieder nach Hause. Zum Glück war Samstag. So konnte ich endlich einmal ruhig ausschlafen, was bei diesem nächtlichen Polizei-Besuch auch nötig war. Als ich jedoch im Bett lag, fiel es mir sehr schwer, einzuschlafen. Die ganze Zeit musste ich an diesen aufregenden Tag denken. Ich fragte mich, was der Typ namens Alpha jetzt wohl macht, wo er war und ob es noch mehr Verbündete gab oder Ede der einzige war.

Völlig übermüdet wachte ich am nächsten Morgen auf. Wobei man eigentlich sagen sollte, dass der Morgen längst vorbei war.

Es war mehr Vormittag. Fast schon Mittag, aber nur fast.

„Ich brauch´ erst mal 'n Kaffee...", murmelte ich, ging in die Küche und schaltete die Kaffeemaschine ein.

Ich schaute auf den Berg dreckigen Geschirrs. „Später..." sagte ich und holte einen Teller und eine Tasse aus dem Schrank, ein Messer aus der Schublade und Marmelade und Butter aus dem Kühlschrank.

Ich schmierte mir meine erste halbe Scheibe Brot. Die Erdbeermarmelade war wirklich köstlich! Doch dann erinnerte ich mich daran, dass heute Sonntag war, daran, dass ich noch nichts Warmes hatte, daran, dass heute die Geschäfte zu hatten und daran, dass ich nichts – oder zumindest nicht genug – zum Kochen im Haus hatte. Doch da kam mir eine Idee.

Schnell rief ich Klaus an. Er ging ran: „Hallo, hier ist Klaus.", meldete er sich auf der anderen Seite der Leitung. „Hey, Klaus, ich bin´s.", sagte ich, „Mir ist aufgefallen, dass ich nichts – oder zumindest nicht genug – zum Kochen im Haus habe und da dachte ich: ruf ich einfach mal den Klaus an und frag ihn, ob wir heute zusammen essen gehen wollen." - „Also von mir aus..." - „Mir ist gestern auch etwas ziemlich Irres passiert und ich dachte, dass ich dir das dann vielleicht erzählen könnte..." - „Ja, gerne. Heute Abend im Gasthof 'Zum goldenen Stern'?" - „Um sieben?" - „Ist in Ordnung - „Ja Super! Bis dann!" - „Jo, bis dann."

Ich freute mich schon darauf, dass ich Klaus alles erzählen kann. Dann setzte ich mich wieder hin und schmierte mir eine zweite Scheibe Brot...

Am Abend nahm ich den Ausdruck meiner Zeitung, welchen ich zwei Tage zuvor gefertigt hatte mit, zog mir meine Jacke über, steckte genügend Bargeld sowie den Autoschlüssel ein. Dann stieg ich in meine kleine aber feine Klapperkiste und brummte los.

Beim Restaurant angekommen stieg ich aus, schloss die Tür und ging auf den Eingang zu. Der Gasthof war nicht voll, aber auch nicht leer. Es war nicht laut, eher leise. An einem Tisch saßen ein Mann und eine Frau. Diese stach mir beim Betreten sofort ins Auge, weil sie ein auffallend quietsch-pinkes, langes Kleid anhatte. Ihre Haare hatte sie zu einem Zopf hochgesteckt. Der Mann trug einen grauen Anzug, eine rote Krawatte und ein weißes Hemd. Außerdem hatte er fast eine Glatze. Aber nur fast. Denn ein paar kurze Haare besaß er noch auf seinem sonst kahlen Kopf.

Da entdeckte ich Klaus. Er saß alleine an einem runden Tisch, an welchen drei Stühle gestellt wurden. Just in diesem Moment bemerkte er mich, lächelte und winkte mich zu ihm. Bei ihm angekommen fragte ich: „Erwartest Du noch jemanden?" - „Nee, wieso?" - „Weil drei Stühle an diesem Tisch stehen, statt zwei..." - „Wir können uns gerne umsetzen, wenn du willst." - „Nein, nein. Ich wollte mich ja bloß vergewissern!"

Ich setzte mich. „Hast du schon bestellt?", fragte ich. „Ich bin auch gerade erst gekommen." - „Ach so...", sagte ich, „Ähm... Der Kerl, der sein Halbbruder getötet hat..." - „Ja?" - „Sein

Komplize sitzt im Knast. Ich glaube durch mich!" - „Echt? Das ist ja cool. Erzähl schon!!!"

Und so erzählte ich die ganze Geschichte; davon, wie ich die Polizei gerufen hatte, ohne dass die Mörder es bemerkt hatten, davon, dass ich durch das Taschentuch in Ohnmacht gefallen war... „Da war bestimmt irgendein Zeug in dem Tuch!", meinte Klaus. Er war begeistert. Sein bester Freund hat den halben Kriminalfall gelöst!

Ich bestellte Currywurst-Pommes. Mein Leibgericht. Ich aß es für mein Leben gern.

Während des Essens unterhielten wir uns noch über unsere Zukunft. Als Rentner oder... Ach egal. Wie langweilig das Leben wohl wird? Schließlich muss man ja nicht mehr Arbeiten und kann es vielleicht auch gar nicht mehr. Frau Knolle scheint es ja mit Humor zu nehmen. Sie ist eine nette Dame...

Als wir merkten, dass wir uns beide für dieselbe Woche Urlaub genommen haben fragte mich Klaus, ob wir vielleicht gemeinsam etwas unternehmen wollten. Wir beschlossen, für fünf Tage nach Dänemark zu fahren. Ich fand es super, denn das bedeutete, dass wir wirklich gute Freunde waren. Und ich freute mich, weil es bis dahin nicht mehr lange hin war. Außerdem kam mir so ein Ortswechsel gerade recht, und Klaus kannte einen Ferienhaus-Anbieter persönlich, so dass er den Urlaub organisieren konnte. Er hatte sogar vor, mich abzuholen! Ich kam richtig in Urlaubsstimmung und konnte es kaum noch abwarten.

Am nächsten Tag nach der Arbeit wollte ich mir irgendetwas gönnen. Auch obwohl ich wusste, dass das Essen gestern auf meine „Das-Gönn-Ich-Mir-Liste" kam. Bei den Preisen... Trotzdem war mir langweilig, also beschloss ich ins Kino zu gehen.

Wie ich bald bemerkte kam nichts wirklich Vernünftiges. Zumindest nichts, was ich für vernünftig hielt. Also ging ich in so einen komischen Frauen-Film.

Nur so viel: Es ging um eine Frau, die mit tausenden von Männern zusammen war. Dann fand sie ihre wahre Liebe, machte mit allen anderen Schluss und kam mit diesem Typi zusammen. Ein Ex-Freund lief Amok. Der Typi (wahre Liebe und so weiter...) rettete die Frau. Der Amok-

Mann kam ins Gefängnis. Dann küssten sich der Typi und die Frau - und das war es dann auch. Für einen Frauen-Film hatte der ziemlich viel Handlung. Zu viel, wenn ihr mich fragt... Aber lassen wir das mit dem Detektiv-Spielen.

Nach dem Kino-Besuch holte ich mir bloß noch ein Eis – Schokolade. Die Sorte mochte ich am liebsten. - und dann fuhr ich nach Hause.

Am nächsten Morgen ging ich – nachdem ich gefrühstückt und mich umgezogen habe – runter, um meinen Briefkasten zu kontrollieren. In ihm lag – wie jeden Morgen – die aktuelle Tageszeitung. Wieder in meiner Wohnung angekommen schmiss ich mich auf´s Sofa und las sie sofort.

Irgendwo, ganz oben rechts auf einer

Seite ganz am Anfang der Zeitung entdeckte ich einen Artikel, der mich sehr interessierte. Der Bruder-Mörder hatte wohl noch jemanden unter die Erde gebracht: eine Frau. Ganz in meiner Nähe! Nur ein paar Straßen weiter. Ich beschloss dort sofort hinzufahren. Und das tat ich auch.

Viel sehen konnte ich nicht. Ein paar Schaulustige standen mit mir hinter der rot-weißen Polizeiabsperrung. Ich konnte verstehen, wie sich zwei Beamte unterhielten: „Es war wohl sein typisches Markenzeichen. Drei Schüsse wurden gehört..." - „Ja, doch es wurden bisher nur zwei Kugeln gefunden: die im Körper und die andere, die das Fenster traf..."
Mehr konnte ich nicht verstehen, weil die Polizisten in einen großen Einsatzwagen

mit einem Tisch stiegen und die Tür hinter sich zuzogen.

Für mich war der Rest irgendwie tot-langweilig - im wahrsten Sinne des Wortes. Also fuhr ich wieder nach Hause.

Nachdem ich keine fünf Minuten zu Hause war, klirrte plötzlich etwas. Es war das Küchenfenster. Schnell rannte ich in die Küche und schaute durch das dazu gehörige Glas. Doch ich entdeckte nur noch einen Wagen, der wegfuhr.

Ich wandte mich vom Fenster ab und suchte auf dem Boden zwischen den Scherben etwas, was durch das Fenster gekracht ist. Das fand ich auch: Es war ein relativ kleiner Stein, um den mit einem Gummiband ein Zettel befestigt war. Der Täter schien gut werfen zu können. Dann hatte ich plötzlich einen

Geistesblitz: Ich berührte den Stein und das Papier noch nicht mit den Händen, sondern zog mir Topf-Handschuhe über. Dann fuhr ich mit dem Stein zur Polizeistation.

„Guten Tag!", begrüßte mich die nette Frau am Empfang, „Was führt Sie zu uns?" - „Ich suche den Kommissar, der sich mit den letzten Morden befasst..." - „Oh, der" - „Ich habe nämlich das Gefühl, dass ihn das hier interessieren dürfte." - „Ok - bleiben Sie bitte im Wartezimmer bis er kommt. Ich rufe ihn runter. Ihr Name?" - „Koch" - „Ok - er kommt sofort!"
Ich tat wie mir geheißen und setzte mich zu einem weiteren Mann ins Wartezimmer auf einen Stuhl. In der Ecke stand ein kleiner Tisch, auf welchem Prospekte

lagen. Ich schnappte mir eines über Mediennutzung und lehnte mich entspannt zurück. Dabei hatte ich an der linken Hand immer noch den Topf-Handschuh an und hielt damit den Stein. Der Handschuh war dafür da, dass ich keine Fingerabdrücke hinterließ. Allerdings war es sehr schwierig, mit nur einer Hand den Prospekt umzublättern. Doch es ging. Der Mann, welcher mir schräg gegenüber saß, schaute mich schon komisch an, doch ich ignorierte seinen Blick und wartete während ich weiterlas.

Ein Mann in Uniform öffnete die Tür und fragte nach jemandem. Nach mir! Ich sollte dem Herrn folgen, und das tat ich auch. Einmal auf einer Treppe wäre mir fast der Stein aus der Hand gekullert, doch ich habe es gerade noch geschafft ihn zu halten.

In dem Raum, in den mich der Polizist geführt hatte, gab es drei Stühle: Zwei vor dem großen Schreibtisch und einen dahinter. Auf dem Schreibtisch standen ein Computerbildschirm, ein Drucker, ein paar Aktenordner und ganz viel Papierkram. Wobei dieser Papierkram nicht stand, sondern viel mehr lag. Außerdem lagen auf dem Schreibtisch dutzende Kugelschreiber, ein vollgekritzeltes Notizheft, in welchem zwei Seiten mit einem Lesezeichen versehen waren, und ein linierter Block, der schon halb leer war.

„Wie ich sehe, haben Sie etwas mitgebracht.", begrüßte mich der Beamte, „Was ist es denn?" - „Oh ja, das ist ein Stein mit einer Nachricht, der heute durch mein Küchenfenster geflogen war. Ich habe ihn noch nicht berührt – wegen der Fingerabdrücke. Die Nachricht habe ich daher auch noch nicht gelesen." - „Das haben Sie sehr gut gemacht!", lobte mich der Polizist, als wäre ich ein kleines Kind, welches etwas sehr gut gemacht hatte. Der Beamte stülpte sich weiße Plastikhandschuhe über seine Hände reichte mir auch ein paar und sagte: „Ziehen Sie die über. Die sind besser als der Topflappen." - „Danke!" - „Zeigen Sie mal her!" Der Uniformierte löste vorsichtig das Gummiband von dem Stein und entfaltete die Nachricht. Dann gab er sie mir: „Da! Lesen Sie!" Ich las:

Wenn Sie weiterhin Ihre Nase in unsere Angelegenheiten stecken, werden Sie nicht länger leben.

Ihr Alpha...

„Tja," meinte der Polizist, „ich würde

ihnen raten zu tun, was Alpha sagt. Der Mann könnte gefährlich werden…"

Er sagte außerdem, dass der Stein, das Gummiband und die Nachricht ins Labor sollten. Das kamen sie auch. Ich war glücklich über meine Glanzleistung. Das reichte mir. Nach der Verabschiedung fuhr ich wieder nach Hause und kochte mir Mittag. Es gab Suppe. Diese schlürfte ich genussvoll leer und dachte nach: „Ob es Zufall war, dass ich Alpha immer wieder gesehen habe? Werde ich ihn noch einmal sehen? Soll ich auf Alpha und den Beamten hören?…"

Nach dem Essen kümmerte ich mich um den Abwasch. Der war nämlich inzwischen schon mehr als dran. Also öffnete ich die silberne Spülmaschine und füllte diese langsam, Schritt für Schritt, mit den Töpfen, Tellern, Messern,

Gabeln, Löffeln, Gläsern, Tassen, Schalen und einer Pfanne. Jeglicher Müll oder Dreck landete auf direktem Weg im Mülleimer.

Darauf stellte ich sie ein und startete den Geschirrspüler. Dann brachte ich den Müll raus, saugte in einigen Zimmern, wischte den Staub, machte das Sofa, nahm darauf Platz, nahm die Fernbedienung und drückte auf den kleinen, roten Power-Button oben links in der Ecke. Die Kiste flackerte, bis ein klares Bild zu sehen war: Fußball! Ich stöhnte und schaltete weiter. Eine Quizsendung. „Na, wenn es sein muss...!", dachte ich mir, legte die Fernbedienung weg und machte es mir bequem.

Als die Quizsendung vorbei war schaltete ich den Fernseher aus, machte mich fertig und legte mich ins Bett.

Am nächsten Tag musste ich nur bis zum frühen Vormittag im Büro bleiben. Also beschloss ich, noch einmal in die Stadt zu fahren. „Vielleicht begegne ich ja noch einmal diesem Alpha...", sagte ich. Da fühlte ich plötzlich den kalten Lauf eines Revolvers im Nacken. „Warum denn?", fragte jemand mit einer mir unbekannten, von hinten kommenden Stimme. „Du kommst besser mal mit uns. Der Chef wird sich freuen..." Chef? Ich verstand nur Bahnhof. Aber das war in dem Moment egal, denn mir wurde gedroht, und ich war mir sicher, dass das kalte Metall der Waffe echt war, und ich war mir sicher, dass das eine echte Waffe war. Und ich war mir sicher, dass die echt geladen war. Und leider war ich mir auch sicher, dass der Typ hinter mir echt schießen würde. Also tat ich, was mir gesagt wurde. Dann versuchte der Mensch mir wieder das Tuch unter die Nase zu halten. Doch ich kannte den Trick ja schon und wollte ausweichen – zumindest bis ich das Klicken des Revolvers wieder hörte. Also beschloss ich lieber, es noch einmal über mich ergehen zu lassen...

Als ich wieder zu mir kam, saß ich auf der Rückbank eines Autos, und meine Hände waren hinter dem Rücken gefesselt. Das war eine unangenehme Position. Zudem bemerkte ich, dass ich gar nicht angeschnallt war. „Na, da hat aber jemand gut geschlafen.", lachte der Beifahrer, „Aber keine Angst, es ist nicht mehr weit!"
Wir fuhren durch ein mir bisher unbekanntes Gebiet mit zahlreichen alten Häusern, bei denen der Putz von der

Wand bröselte, Fensterscheiben zum Teil eingeschlagen und die Türen eingetreten waren.

Später fuhren wir geradewegs auf eine Fabrikruine zu. Es sah aus, als wäre das mal eine Farbfabrik gewesen. Wir fuhren an dem alten Pförtnerhäuschen vorbei über den Lieferantenweg auf eine große Doppeltür zu. Dann parkte der Wagen mitten auf dem Weg, und die beiden Insassen stiegen aus. Der Fahrer öffnete mir die Tür und sagte: „Na, los! Komm schon raus! Oder willst du da drin übernachten?" Das hatte ich eigentlich nicht vor. Also stieg ich aus. Jetzt konnte ich die beiden Männer gut erkennen: Der Fahrer war groß. Er hatte zwei Riesen-Ohrringe, was aussah, als ob das Ohrläppchen das nicht mehr lange aushalten und bald reißen würde. Er hatte nur ein weißes Unterhemd an, so dass man auf dem rechten Oberarm ein Totenkopf-Tattoo erkennen konnte. Außerdem trug er eine schwarze Jogginghose und schwarz-weiße Turnschuhe. Sein Gesicht sah grimmig aus. Über dem linken Auge klaffte zudem eine riesengroße Narbe.

Der andere war eher klein. Seine Nase saß hoch und seine langen Haare hingen nach hinten runter. Im Gesicht hatte er einen Stoppelbart. Eine schwarze Rocker-Lederjacke bedeckte teilweise seinen Oberkörper. Sie war offen, so dass man darunter die nackte Brust des Mannes sehen konnte. Eine kurze Laufhose bedeckte die Beine und an den Füßen trug er bloß Sandalen.

Die beiden Kerle führten mich in die alte Farbfabrik. Überall kam der Putz von den

Wänden und es war alles total schmuddelig.

„Wir führen dich mal ein wenig herum...", meinte der Mann mit der hohen Nase, „Das hier ist unser Computerraum." Wir gingen in einen Raum, in welchem drei Schreibtische mit jeweils einem Computer darauf standen. An jedem Schreibtisch saß jemand. „Hier wird gerade das ganz große Ding geplant! Das ist Kurt." Er deutete auf die erste Person, die gerade mit einem Grafikprogramm arbeitete. „Er gestaltet für uns jeden Plan", erzählte mein Führer weiter. „Er nimmt die Stadtpläne und die Grafiken der Häuser und Gärten und zeichnet darin Pfeile ein, die dann unsere Fluchtpläne sind. Oder er zeigt uns mit Hilfe der Pfeile, wie wir in das Gebäude reinkommen und wie wir abhauen müssen." Wir gingen weiter. „Das", er deutete auf die nächste Person, welche an einem Text-Bearbeitungs-Programm unter einem langen Text eine Tabelle ausfüllte, „ist Günther. Er ist sozusagen unser Erfinder-Bursche. Die Ausrüstung, die Spielzeugpistolen, alles von ihm. Das bedeutet allerdings nicht, dass wir keine echten Waffen haben..." Er ging weiter und deutete auf den nächsten Mann, welcher ebenfalls an einem Text-Bearbeitungs-Programm saß. Allerdings arbeitete er auch mit Bildern: „Das ist unser Bill. Er plant alles. Und schreibt das zusammen mit den Bildern von Kurt auf. Er ist ein wahrer Meister, denn man kann ihm sagen, wo wir einbrechen wollen, dann lässt er sich die Karten von Kurt zeigen und - schwupps! - Alles ist bis ins genauste Detail geplant! Wunderbar, oder? Wenn 'Eure Hoheit' mir jetzt bitte folgen würde..." Wir gingen wieder zurück auf den langen Flur. Vielleicht war es nicht gut, doch eine Frage musste ich einfach noch loswerden: „Habt ihr mich verfolgt?" - „Aber ja!", antwortete mein Führer, „Wir haben geahnt, dass du irgendetwas vorhast. Irgendwann allerdings wurde uns langweilig, wir warteten auf ein falsches Wort – in diesem Fall war es ein falscher Satz – und dann schlugen wir zu! Boom! Wir waren es auch, die die Nachricht von Alpha überbracht haben. Deswegen wird die Polizei auch hauptsächlich unsere Fingerabdrücke finden... Und weißt du was? Bill hat das alles geplant!"

Auf der linken Seite war eine große Stahltür. Mein Führer öffnete sie , wir gingen hinein und er sagte: „Das ist unser! Alles UNSER!"

Ich blickte hoch. Es war ziemlich krass, was ich da sah: Es war ein Raum, der bis unter die Decke mit Goldbarren gefüllt war. Es waren Metall-Regale, in denen das Gold aufbewahrt wurde. Alles blitzte und funkelte. Ich konnte meinen Blick kaum davon losreißen. Das schien der Mann bemerkt zu haben und sagte: „Na? Da wirst de neidisch, was?" - „Bisschen…", antwortete ich, obwohl ich wusste, dass dieses „Bisschen" ziemlich untertrieben war.

„Und das wird Woche für Woche mehr…", meinte der Ganove, „Alles Geklaute wird hier gelagert." Wir gingen weiter. Hinter den Regalen befand sich eine weitere Tür. Wir gingen hindurch. „Wie viele seid Ihr eigentlich?", fragte ich. „Ziemlich, ziemlich viele.", antwortete er, „Und es werden immer mehr."

Das glaubte ich ihm sofort. Bei so viel Gold wollten und mussten bestimmt sehr, sehr viele mit dabei sein.

Im nächsten Raum standen ein paar Regale mit Geld und dann wieder andere mit Schmuck, Uhren und anderen wertvollen Dingen.

Ich wurde weiter durch viele interessante und weniger interessante Räume geführt, bis ich dann in einen Raum kam, in welchem „Er" saß: Alpha! Er saß auf einem ausgefransten Sessel, mit einem Laptop vor sich, in den er hineinschielte, und mit einer Fantadose in der Hand.

Er schaute auf: „Ich habe Dich erwartet, Koch!" Mir lief ein Schauer den Rücken hinunter. „Extra für Dich habe ich meine Gehilfen losgeschickt. Und wie ich sehe haben sie gute Arbeit geleistet." - „Was werdet Ihr jetzt mit mir machen?" - „Mit Dir? Ach, nichts..." - „Wirklich?", ich traute diesem Alpha nicht. Zu Recht. Denn er sagte: „Sperrt ihn ein!"

Ein Mann packte mich am Arm und begleitete mich in einen Raum. In der Tür steckte ein Schlüssel. Diese wurde aufgeschlossen und ich hineingestoßen. Dann wurde die Tür geschlossen und ich hörte das Klicken des Schlüssels im Schlüsselloch. Ich war eingesperrt! Ich war ganz alleine! Ich wusste, dass es nichts bringen würde, doch trotz alledem drückte ich die Klinke hinunter und warf mich mit meinem Körpergewicht gegen die Tür. Es rummste ein wenig, aber nichts passierte... Es sah aussichtslos aus, bis ich mich hinsetzte und mir auffiel: Die Typen hatten mich überhaupt nicht kontrolliert! In meiner rechten hinteren

Hosentasche fühlte ich mein Handy. „Au, yeah!", dachte ich mir, nahm es in die Hand und versuchte die Polizei anzurufen.

Doch jetzt wusste ich, warum ich nicht durchsucht wurde: Es gab keinen Empfang! Ich hatte keine Chance! Es war schrecklich...

Ich wusste einfach nicht, was ich machen sollte, ich legte mich sogar einmal hin, um zu schlafen. Es ging nicht. Ich schaute mich in dem Raum um. Erst sah ich nichts Hilfreiches. Doch dann entdeckte ich hinter einem Stuhl etwas silbern Schimmerndes. Ich stand auf, ging auf den Stuhl zu, stellte ihn vorsichtig an die Seite und... - die schienen wirklich keine Krimis zu schauen, und zu lesen erst recht nicht - da war ein Lüftungsschacht! Direkt an der Wand. Er war sogar groß genug für mich. Also, dass die das nicht bemerkt hatten, wunderte mich sehr. Vielleicht hatten sie es ja auch bemerkt aber nichts unternommen, außer den Stuhl davor zu stellen. Ich war wirklich glücklich! Ich holte meinen Haustürschlüssel aus der Hosentasche hervor und versuchte damit die Schrauben zu lösen. Erst funktionierte es gar nicht. Dann, bei der zweiten Schraube, ging es perfekt!

Ich kroch in den Schacht hinein und versuchte so gut wie nur möglich, das Gitter hinter mir wieder zuzuziehen. Es gab eine T-Kreuzung, an welcher ich beschloss nach links zu kriechen. Dann entdeckte ich einen von links kommenden Lichtstrahl. Ich kroch auf ihn zu und sah ein weiteres Gitter. Es führte in einen kleinen Raum, in welchem zwei Stühle und ein Tisch standen. Auf den Stühlen saßen jeweils ein Mann. Auf dem Tisch waren Plastik-Chips verteilt. Die beiden Männer pokerten.

Der eine raufte sich die Haare und der andere lächelte. Auf dem Tisch lagen außerdem eine Pistole und ein Revolver. Das waren wohl die Waffen der beiden.

Ich blieb noch im Lüftungsschacht, bis die zwei ihre dritte Poker-Runde endlich beendet hatten. Das kam mir wie eine ewig lange Zeit vor.

Dann machte sich der eine aus dem Staub und der andere ging auf Toilette, wie ich aus den Gesprächen entnehmen konnte. Dann nutzte ich die Chance, als keiner im Raum war und stemmte mich gegen das Gitter. Nichts passierte. Ich stemmte mich noch einmal stärker und mit etwas Schwung dagegen. Das tat weh, aber diesmal klappte es! Mit einem Krachen und Scheppern fiel das Gitter aus der Wand.

Ich ahnte, dass das jemand gehört haben musste und schnappte mir deshalb sofort den Revolver, den der Mann, der auf der Toilette war, vergessen hatte.

Ein Mann kam in den Raum, um nachzusehen ob alles in Ordnung war. Er hatte seine Waffe bereits gezogen, weswegen ich schießen musste. Es war schrecklich, eigentlich wollte ich das auch nicht, aber ich drückte ab. Man hörte fast nichts, außer dem Stöhnen des Mannes. Seine Waffe nahm ich mir auch noch, als er da lag, in einer Pfütze aus Blut. Ich konnte gar nicht hinsehen und stieg einfach über ihn. Ich stand im Flur, auf welchem gerade zwei Personen auf mich zukamen. Sie erschraken. „Keinen

Mucks!", zischte ich, „Oder Ihr seid tote Männer! Und jetzt kommt langsam auf mich zu, und dann zeigt Ihr mir, wie ich hier herauskomme!" Die Waffe hatte ich auf die beiden gerichtet. Diese kamen nun langsam auf mich zu und zeigten stur auf eine Glastür. „Ihr geht vor!" sagte ich. „Ich folge Euch!" Wie gesagt, so getan. „Los, aufmachen!", sagte ich - immer noch mit den Revolvern auf beide Männer gerichtet. Der eine öffnete die Glastür, der andere ging hindurch, dann ging auch der erste hindurch. Sofort zog er die Tür wieder hinter sich zu, so dass ich nun ziemlich dämlich dastand, als die beiden wegrannten. So schnell wie nur möglich öffnete ich ebenfalls die Tür und stand in einem langen Gang. Den beiden zu folgen machte keinen Sinn. Das wusste ich. Also watschelte ich alleine den Gang entlang.

In jedem offenen Raum schaute ich hinein. In keinem war jemand. Am Ende des Ganges entdeckte ich endlich den Ausgang. Ich freute mich schon, als sich mir plötzlich die beiden Männer von eben in den Weg stellten. Diesmal gab es allerdings einen kleinen Unterschied: Die zwei waren bewaffnet!

Der erste schoss und verfehlte mich knapp. Dann der andere: er traf eine der Lampen, wodurch auch alle anderen Lampen auf diesem Gang ausgingen. Jetzt war ich dran: ich verfehlte auch. Verdammt! Dann versteckte ich mich hinter einer in den Flur ragenden offenen Tür. Kurze Zeit später sprang ich hervor und überraschte die beiden Männer, die inzwischen näher gekommenen waren. Dann schoss ich. Ich traf den linken. Er ging zu Boden. Sofort sprang ich wieder hinter die Tür. Diesmal wartete ich nicht so lange, machte einen weiteren Sprung als zuvor und feuerte das Blei ab. Ich traf. „Ich wusste gar nicht, dass ich so gut zielen kann...", dachte ich mir. Ich war ziemlich überrascht!

Jetzt hatte ich freie Bahn. Ich ging in den Sprint über und rannte auf die Ausgangstür zu. Ich öffnete sie, stürmte heraus und... Ich war frei! Daran musste ich mich erst einmal gewöhnen.

Ich stand völlig frei auf dem Parkplatz! Das fand ich jetzt auch nicht so gut. Was, wenn jemand die angeschossenen Männer gesehen hatte und jetzt herauskam? Schnell suchte ich hinter einem Stein Schutz.

Dann kramte ich mein Handy aus der Hosentasche und checkte mein Netz.

Verdammt! Ich hatte immer noch keinen Empfang! Ich ging heimlich vom Parkplatz runter. Den Blick hatte ich immer auf die Eingangstür gerichtet. Doch da tat sich nichts! Jetzt stand ich auf der Straße. Ich schaute auf mein Handy: Kein Netz!

Ich ärgerte mich. Doch dann kam mir eine Idee... Vorsichtig bewegte ich mich wieder auf den Parkplatz zu. Dort hatte ich nämlich etwas gesehen, was mir helfen konnte: Ein Auto! Beim ersten Auto versuchte ich die Türen zu öffnen: es ging nicht! Dann beim zweiten: ging auch nicht! Dann das dritte: keine Chance! Und zu guterletzt das Auto, mit dem ich hergebracht wurde: es ging! Endlich! Ich war gerettet! Ich stieg ein. Sogar der Schlüssel steckte! Das waren echt die dümmsten Banditen, die ich je gesehen hatte. Daran merkte man, dass die nicht so viel Besuch bekamen.

Ich startete den Wagen. Er rollte los. Ich lenkte ihn auf die Parkplatzabfahrt zu. Dann merkte ich mir noch schnell den Straßennamen, indem ich ihn in das Memo-Programm meines Handys eintippte und verließ die Straße.

Ich öffnete die Google-Earth-App meines Handys, gab die Adresse der Polizeistation ein und folgte den roten Pfeilen auf dem Display.

Der restliche Tag verlief super! Bei der Polizei fragte ich wieder nach dem mir bekannten Kommissar und zeigte ihm die Waffen, das Auto und den Standort der Farbfabrik via Google-Earth. Der Beamte schnappte sich dann seine Kollegen und fuhr mit einer Vielzahl an SEK-Beamten zum Einsatzort. Ich sollte noch ein wenig auf der Wache bleiben. Dann endlich durfte ich nach Hause!

Zu Hause angekommen entdeckte ich sofort eine Einladungskarte in meinem Briefkasten. Es war die Einladung zur Beerdigung von Frau Knolle! Ich war sehr traurig, fühlte mich aber trotzdem geehrt, eingeladen geworden zu sein. Und dann sah ich noch einen Brief: Frau Knolle vermachte mir ihren Hund! Darüber war ich jetzt wirklich glücklich! Ich ging in meine Wohnung und nahm das Telefon in die Hand. „Hi, Klaus!", sagte ich, „Du glaubst ja gar nicht, was mir heute passiert ist!" - „Hi ... Hättest du nicht Morgen früh anrufen können? Es ist mitten in der Nacht!" - „Oh,... ich habe die Zeit gar nicht im Blick gehabt? Tut mir leid!" - „Schon in Ordnung." - „Du, äh... Dürfen Hunde eigentlich mit nach

Dänemark?" - „Ja, warum fragst du?" - „Ich bekomme jetzt einen." - „Cool! Aber erzähl schon, was ist denn passiert?"...

Und dann erzählte ich meinem besten Freund die ganze Geschichte: Wie mir die alte Fabrik gezeigt wurde, wie viel Gold die hatten, dass es dort drei Computer gab und wofür diese gut waren, dass Alpha der Anführer war und, und, und...

Als ich dann im Bett lag war es schon fast wieder morgens, doch das war mir egal. Als ich dann endlich schlief, tat ich es wie ein Murmeltier.

Jetzt muss ich sagen, Dänemark ist wirklich super! Vor allem mit Rudi, meinem Hund, hat es uns dort sehr viel Spaß gemacht!!!

ENDE